A. CUSSY

SILHOUETTE DU MONDE

ou

CONSEILS

D'UNE MÈRE A SA FILLE

CAEN

IMPRIMERIE G. PHILIPPE, RUE FROIDE, 5

1864

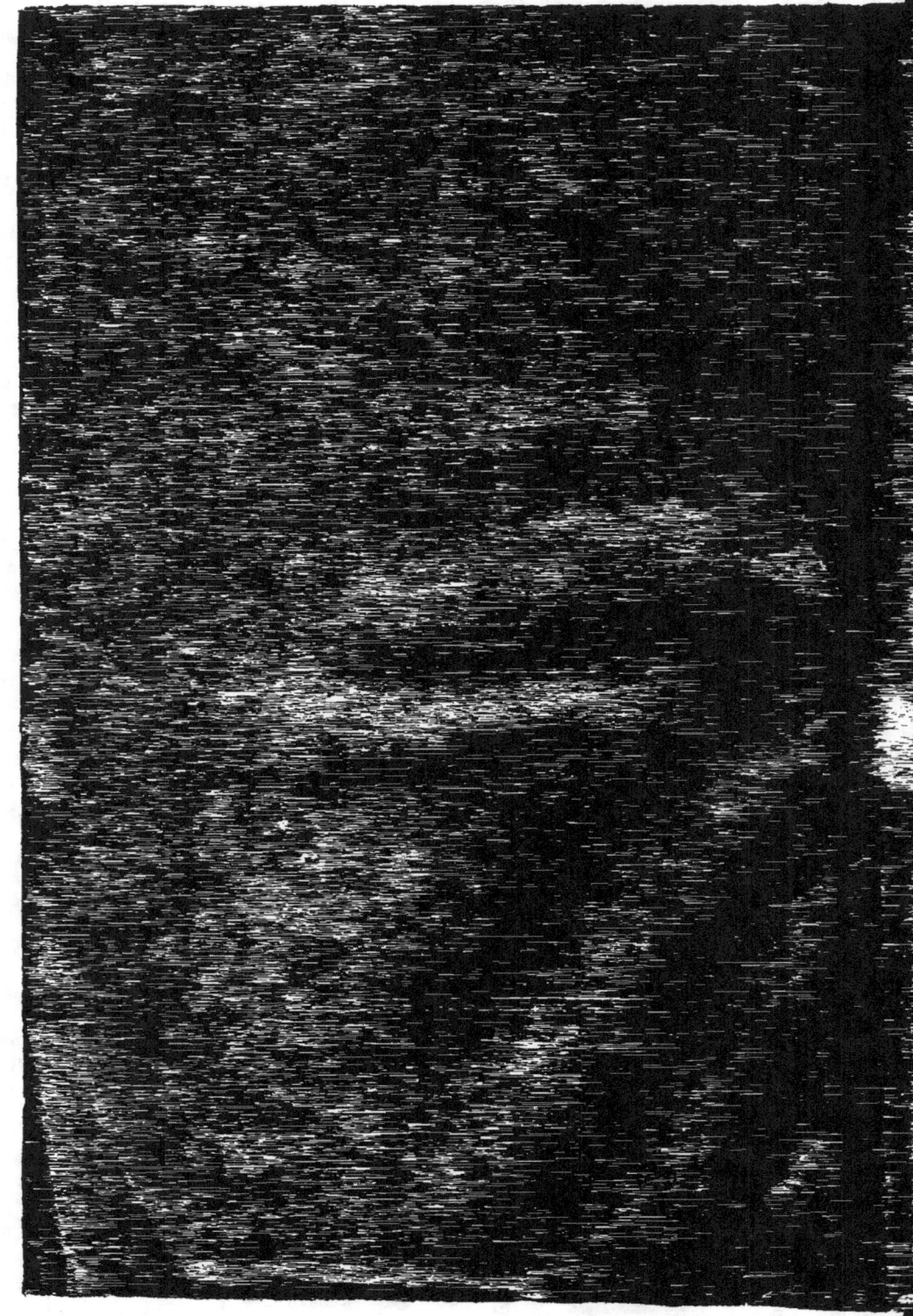

A. CUSSY

SILHOUETTE DU MONDE

OU

CONSEILS

D'UNE MERE A SA FILLE

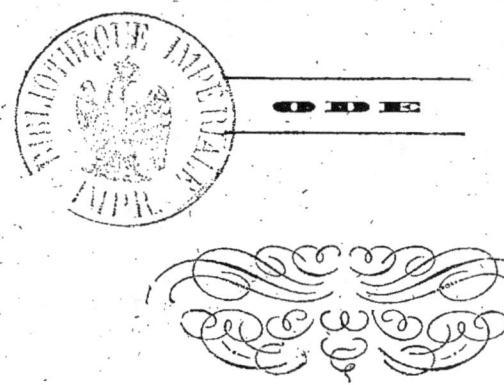

ODE

CAEN

IMPRIMERIE G. PHILIPPE, RUE FROIDE, 5

—

1864

A MADAME MARIE.

A toi, ma fille, à toi ces simples vers.
C'est l'esquisse rapide
De cet immense et riant univers,
Où la douleur réside.
Ces familiers et sincères récits,
O tristesse profonde !
Peignent les maux, les vices, les soucis,
Qui remplissent le monde.

A. Cussy.

SILHOUETTE DU MONDE

OU

CONSEILS D'UNE MÈRE A SA FILLE

> La sagesse n'a rien d'austère ;
> c'est elle qui nous donne les vrais
> plaisirs.
>
> (FÉNELON.)

Retiens ceci, Marie :
Ici-bas, le Seigneur
A qui l'aime et le prie
Donne la paix du cœur.
Heureuse l'âme pure,
Aux célestes désirs !
La vertu lui procure
D'ineffables plaisirs.

Sur terre, rien n'est stable ;
Tout fascine nos yeux.
Le bonheur véritable
N'habite point ces lieux.
Serait-il sur le trône,
Où les rois sont assis ?
Moins encor ; la couronne
Cache bien des soucis.

Sur la scène du monde,
Si riche de splendeurs,
Que voit-on à la ronde ?
Le néant des grandeurs,
La vertu méconnue,
Toutes choses enfin,
Lorsque l'heure est venue,
Tour à tour prendre fin.

L'orgueilleux égoïsme
Y règne en souverain,
Et le sensualisme
N'y connaît point de frein.
Sous mille traits, le vice

Marche de toutes parts,
Et partout l'injustice
Afflige nos regards.

❀

N'y cherchons pas la joie,
Ni des consolateurs,
Quand nous sommes en proie
Aux cuisantes douleurs.
L'amitié douce et pure
Qui nous ouvre les bras,
Chez l'humaine nature,
Trouve beaucoup d'ingrats.

❀

L'artisan y travaille
Sans repos et sans fin ;
Souvent le riche y baille ;
Le plus grand nombre, enfin,
Court après la richesse.
A tous il faut de l'or,
Et toujours, et sans cesse,
Encore, encore, encor...

❀

Ici, l'hypocrisie
Paraît les yeux baissés.

Plus loin, la jalousie,
Dans ses traits courroucés,
Nous montre la vengeance,
La haine, la fureur,
Et puis, la médisance,
Son exécrable sœur.

Partout le luxe brille,
Et sourit le plaisir ;
Dans tous les yeux pétille
La flamme du désir.
Sans cesse l'homme espère,
Va, vient, court, tend les bras
Après une chimère ;
On veut ce qu'on n'a pas.

Dans sa sombre demeure,
Assise sur son or,
L'avarice, à toute heure,
Couve son cher trésor.
La probité végète
Où la ruse fleurit,
Et l'envie, en cachette,
De désirs se nourrit.

Au-dessus du vulgaire,
L'orgueil, la vanité
Lèvent leur tête altière.
Vaine fatuité !
Ils ne font que paraître ;
A peine on les a vus.
Un soleil les voit naître ;
Le soir, ils ne sont plus.

La joyeuse opulence
Nage au sein des grandeurs ;
Pour elle la puissance,
La gloire, les honneurs.
A côté, la misère,
Sous de sales haillons,
Dans sa froide chaumière,
Vit de privations.

Souvent la politique
Brouille les nations,
Trouble la paix publique,
Produit des factions.
Souvent aussi la guerre,
Dans d'horribles combats,

Abreuve cette terre
Du sang de nos soldats.

❀✕❀

O honte ! parlerai-je
De drames moins bruyants ?
Quel sinistre cortége
De crimes effrayants !
Le vol hardi se glisse
Dans l'ombre de la nuit ;
Son féroce complice,
L'assassinat le suit...

❀✕❀

Quoiqu'à nos yeux placide,
La terre a ses dangers,
Comme la mer perfide.
Oublieux passagers,
Qui bravons la tempéte,
Le flot des passions
Menace notre tête,
Sans que nous y pensions !

❀✕❀

Ainsi que la nacelle
Qui vogue au gré du vent,

Notre vertu chancelle
Et dérive souvent.
C'est à notre courage
Qu'est confié son sort ;
Evitons le naufrage,
Pour la conduire au port.

A tout prendre, la vie
N'est que déception,
Mensonge, duperie
Et tribulation.
Nous vivons d'espérance,
Et c'est le seul bonheur,
La seule jouissance,
Qu'éprouve notre cœur.

Les soucis et la peine
Se partagent nos jours.
Jamais de paix sereine,
Et la guerre toujours :
Guerre avec nos semblables,
Avec nos passions.
Nous n'avons d'agréables
Que nos illusions.

Si parfois l'existence
Offre quelques douceurs,
Plus souvent la souffrance
Nous arrache des pleurs.
Aujourd'hui l'allégresse,
Et les adversités ;
Puis demain la vieillesse,
Et ses infirmités.

La vie est ainsi faite.
Où donc est le bonheur ?
Chez soi, dans la retraite,
Et dans la paix du cœur.
Oui, c'est là qu'il réside,
Loin d'un monde envieux,
Satirique, perfide,
Folâtre, ambitieux.

Qu'heureuse est l'âme austère,
Fuyant les vanités !
A quoi servent, sur terre,
Les vaines dignités ?
Le temps fuit, nous entraîne,

Dans son rapide cours.
La vie est incertaine ;
La mort frappe toujours.

❧

Egalité sublime !
Sujets, omnipotents,
Tout passe, tout s'abîme,
Dans le gouffre des temps.
Nécessité cruelle !
A la destruction
Tout va, se renouvelle
Sans interruption.

❧

L'homme, jusqu'à la tombe,
Se nourrit de désirs ;
Comme la fleur qui tombe,
S'envolent ses plaisirs.
La joie est éphémère.
Hélas ! en vérité,
Tout n'est, sur cette terre,
Que leurre et vanité.

❧

Et cependant, Marie,
Sans en retrancher rien,

L'homme tient à la vie,
Et s'y trouve assez bien.
On y goûte, à tout âge,
La peine et le plaisir ;
Mais il faut être sage,
Pour savoir en jouir.

Dans le siècle où nous sommes,
Agissons prudemment ;
Au commerce des hommes
Mêlons-nous rarement.
Heureux qui, loin du monde
Et des plaisirs mondains,
Dans une paix profonde,
Coule des jours sereins !

Oh ! tremblons, faibles femmes !
Que de serpents trompeurs,
Pour attirer nos âmes,
Se cachent sous les fleurs !
La pudeur nous conseille
La circonspection ;
Fuyons, fermons l'oreille
A la séduction !

Oui, veillons, à tout âge,
Et le jour, et la nuit !
Nous avons en partage
La beauté qui séduit.
Prenons garde; c'est elle
Qu'il faut craindre ici-bas ;
Souvent, quand on est belle,
On ne l'ignore pas.

La vertu, chez la femme,
Est préférable à l'or ;
Les qualités de l'âme,
Voilà son vrai trésor.
Soyons humbles, ferventes,
Sans affectation,
Et demeurons constantes
A la religion.

L'aimable bienveillance
Sait faire des heureux.
A quoi bon l'arrogance
Et les airs dedaigneux?
Dieu de la même argile

Nous a tous façonnés ;
Nôtre corps est fragile,
Et nos jours sont bornés.

⁂

Recherchons la sagesse
Qui se cache ici-bas,
Et paie avec largesse
Qui marche sur ses pas.
Oui, c'est elle qui donne,
Quand on a combattu,
La céleste couronne,
Promise à la vertu.

⁂

Du travail, de l'étude
Faisons-nous, tous les jours,
Une douce habitude.
L'oisiveté toujours
Fut la mère des vices.
Malheur au paresseux !
Soumis à ses caprices,
Il ne peut être heureux.

⁂

Que jamais l'indigence
Ne nous demande en vain ;

Montrons de l'indulgence
A l'égard du prochain ;
Ne rendons à personne
Les maux qu'on nous a faits.
Quand notre cœur pardonne,
Nous sommes satisfaits.

Des lectures frivoles
Evitons le danger.
Point de libres paroles,
Ni de mot mensonger ;
Toujours de la décence
Dans nos ajustements,
Et jamais de licence
Dans nos amusements.

Prions ; car la prière,
Voix intime du cœur,
Désarme la colère
D'un Dieu juste et vengeur.
Les trésors de sa grâce
S'ouvrent au repentir.
Heureux celui qui passe
Ses jours à le servir !

Sa divine justice
S'exerce chaque jour,
Et condamne le vice
Au ténébreux séjour;
Tandis que l'innocence,
Dans celui des élus,
Trouve la récompense
De ses douces vertus.

Notre âme est immortelle,
Et faite pour les cieux;
Vers Dieu qui nous appelle,
Marchons victorieux !
La voie est rude, étroite;
Mais la félicité
Nous attend à sa droite,
Et pour l'éternité.

L'éternité.... Silence !
Là de l'esprit humain
S'arrête la puissance.
Ce jour sans lendemain,
Insondable mystère!

C'est le secret de Dieu
Qui règne au ciel, sur terre,
Et réside en tout lieu.

✵✵✵

Dieu bon, juste et sévère,
Qui de ces tristes lieux
Passas par le calvaire
Pour nous ouvrir les cieux,
Fais aimer la sagesse
A cette chère enfant;
Qu'elle évite sans cesse
Ce que ta loi défend !

✵✵✵

O veille sur Marie !
Protége, nuit et jour,
Cet ange de ma vie,
Ma joie et mon amour,
Frais bouton d'innocence,
Lis naissant, tendre fleur !...
Je crains tant l'influence
Du monde corrupteur !

✵✵✵

Sous ton aile propice,
Fidèle à ses serments,

Qu'elle ignore du vice
La honte et les tourments !
Qu'elle soit, au contraire,
Ardente à te servir,
A t'aimer, à te plaire,
Enfin, à te bénir !

Tel est pour ton jeune âge
Le souhait que mon cœur,
Enfant pieuse et sage,
Adresse au Créateur ;
Oui, pour toi je le prie,
Au pied des saints autels.
N'oublions pas, Marie,
Ces conseils maternels !

CAEN, IMP. G. PHILIPPE.

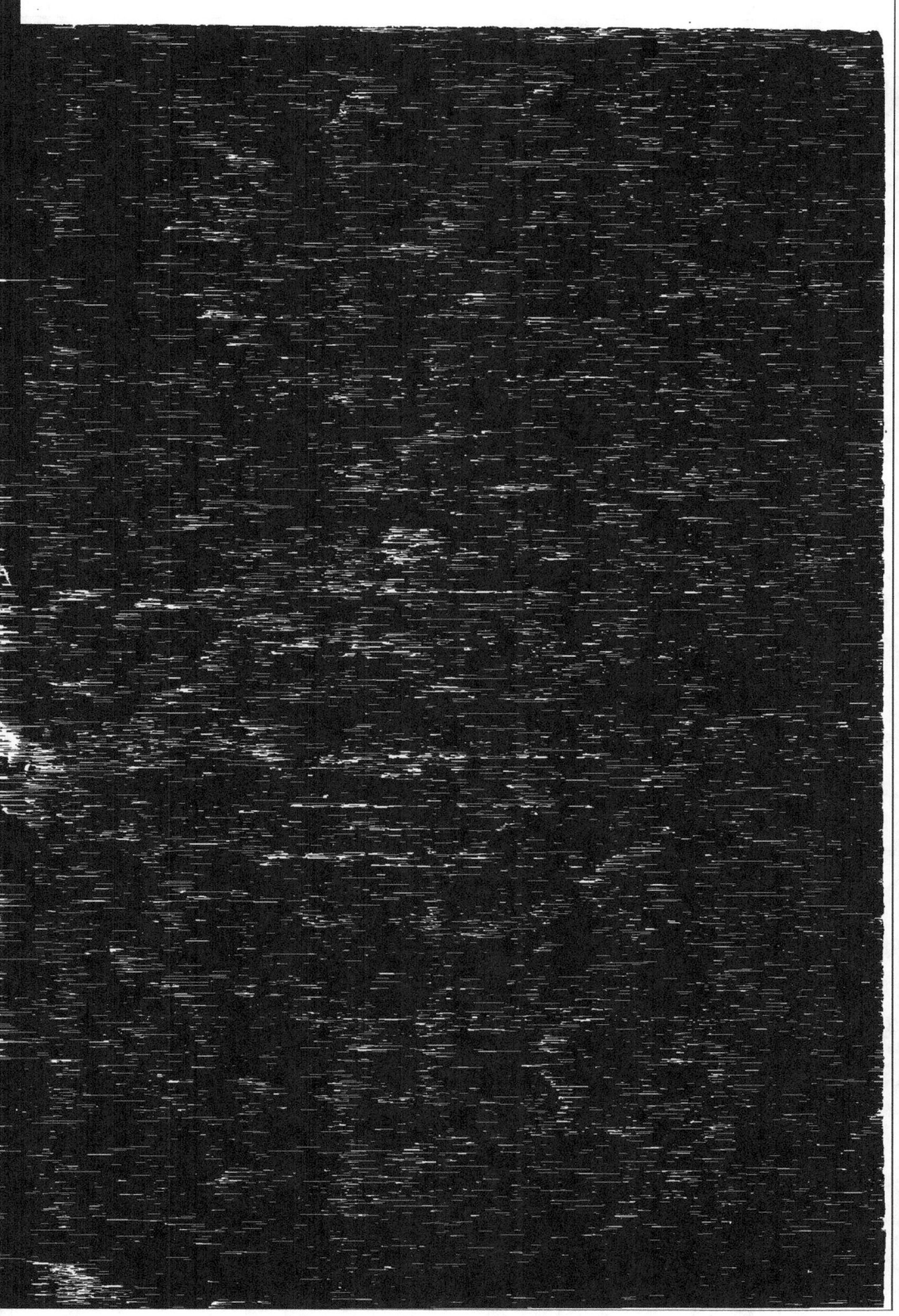

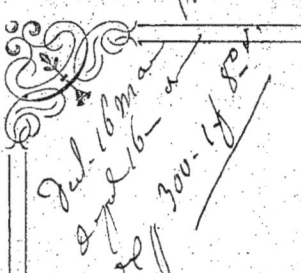

LES
AMOURS DES ANGES

POÈME EN TROIS CHANTS

IMITÉ DE L'IRLANDAIS

par Ferdinand CHIMÈNES

I

BORDEAUX

TYPOGRAPHIE PÉCHADE FILS FRÈRES

rue du Parlement-Saint-Pierre, 12

—

1862